KB195528

바위를 뚫고 자란 나무는 흔들려서 좋았다

바위를 뚫고 자란 나무는 흔들려서 좋았다

초판1쇄 찍은 날 | 2024년 10월 24일
초판1쇄 펴낸 날 | 2024년 10월 31일

지은이 | 이지담
펴낸이 | 송광룡
펴낸곳 | 문학들
등록 | 2005년 8월 24일 제2005 1−2호
주소 | 61489 광주광역시 동구 천변우로 487(학동) 2층
전화 | 062−651−6968
팩스 | 062−651−9690
전자우편 | munhakdle@daum.net
블로그 | blog.naver.com/munhakdlesimmian

ISBN 979−11−989410−5−3 03810

• 이 책은 🏛광주광역시. 📙광주문화재단의
  지역문화예술육성지원사업으로 지원받아 발간되었습니다.

문학들 시인선 033

이지담 시집

바위를 뚫고 자란 나무는 흔들려서 좋았다

문학들

시인의 말

당신의 뒷모습을 보고
슬픔으로 옷을 지어 걸어두었더니
가을 들판에서 펄럭인다.
가시는 길 환해질까,
시 몇 편이 동행한다.

2024년 10월

이지담

차례

5   시인의 말

제1부

11   먼 길

12   먼 일

13   초원과 보라꽃 사이

14   어떤 웃음

16   배경

18   숨

19   소라의 저녁

20   기억 파티

22   구겨진 종이

24   손가락을 오므렸다 펴며

26   먼 기억

28   여행자 2

29   외발로 서서

30   출렁다리

32   침묵의 꽃

제2부

35   실레네 스테노필라

36   한여름, 백야

38   바위

40   괄호를 열다

41   소리무덤

42   관계

44   처서 이후

45   갈매기가 찾아온 후

46   마지막 이사

48   순간이 영원으로

50   중독

51   슬픈 눈의 아이

52   얼굴 없는 얼굴

54   이상한 전시회

56   땀의 무게

제3부

59   느티나무를 심다

60   동백꽃 배지

62   감자 북을 쌓다

64   다랑쉬굴 입구에서 – 74주년에 축문을 올리며

66   들리지 않는 목소리

67   거울의 이면

68   마지막 승객

70   먼산바라기

72   딱 하루만

74   발을 놓치다

75 비 오려거든

76 정방폭포의 눈

78 책을 읽으러 제주에 간다

80 풀의 시간

82 활주로 무덤

제4부

87 먼나무

88 만찬

90 두 개의 얼굴

91 경칩

92 면앙정에 올라

93 등으로 듣는 연주회

94 라플레시아, 안녕

96 면과 면이 만나는 지점

98 미암일기

100 바그다드 카페

102 보내지 못한 시집

103 뿌리와 열매

104 장다리꽃의 초대장

105 호미

106 플래카드 혁명

107 **해설** 시간의 강물과 삶의 파란 _ 고재종

제1부

먼 길

아침마다 뻐꾸기 소리 들으며 먼 길을 배웅한다

축일에 만나기로 한 약속을 미루기로 했다

몸속에서 아주 작은 열매 하나 떼어내고
설중매처럼 봄날을 맞이하자던 말

핸드폰 용량을 비우다가 2년 전 통화가 자동 저장되어
있었다니

창포 줄기처럼 푸르렀던 목소리를 놓칠까 봐
저장 버튼을 길게 누르는데

푸드덕 몸을 털고 날아가는 새 한 마리

먼일

백수를 누리는 어르신을 모시고 별미를 시켜드린다

냄새를 맡은 시간의 교란

달과 해가 마주 보는 날이 몇 날이나 되는지

진풍경을 다 담을 수 없는 나이가 문제라며
젊은 우리에게 많이 담아가라 한다

순차적으로 가리라는 밑바닥에 고인 생각들

건강한 젊은이에게 눈속임하며 다가가는 눈부신 계절에

꽃잎은 속절없이 떨어지고 있다

초원과 보라꽃 사이

끝이 보이지 않는 초원
하늘과 초원의 경계는 모호하여
가까이 들여다보면 맨살을 드러낸 땅에 검은 씨를 뿌려
놓았다

초원의 색에 선을 긋는 보라꽃은 한 생을 되비치고 있다
양들 눈동자 속에서 꽃은 깜박이다가 머지않아 지고 말
겠지만

달려온 길 달려갈 길 다 놓아주고
초원에 누우면 하늘인지 바다인지
빨려 들어간 수심에 물들어 바다가 될 것만 같다

숨을 곳 없는 정직한 땅에서

햇살 받으며 몸을 말리던 침묵 곁에서
미물들이 바삐 움직이고 있다

"잔디가 자고 있으니
쉿!"이란 팻말이 스쳐 지나간다

어떤 웃음

벚꽃 잎이 휘날리는 날에는
이제 웃을 수 없을 것 같다

꽃잎이 웃음이었으면 좋겠다는 당신의 말을 떠올리며

허드렛일 하는 사람에게 더 많이 웃어주던 수많은 시간
들

매화가 지고 있을 때
두 갈래 길에서
한쪽 길을 가리키며
먼저 가서 벚꽃을 피우고 있을 테니
천천히 놀다 오라며 앞서가더니

벚꽃 잎이 휘날리는 날에는
화를 낼 수 없어서
그의 옷자락을 잡을 수 없어서

안주머니에서 헤픈 웃음을 만지작거리기도 했던

그 돌멩이를 우리의 웃음과 맞바꾸는 바자회를 열기도
했다

배경

초원을 벽에 걸어두고 황소는 거실 한쪽에 누워 있다

온종일 일하고 지쳐 돌아온 당신
둔덕에 기대고 싶은 몸을 안는다
체온을 나누며 깊은 잠에 든다

나는 당신의 배경이 되고
당신은 나의 배경이 되는

말뚝에 매여 하루의 노동을 쉬며
밭이 드러낸 맨살에 햇살 스미는 모습을 바라보던 눈으로

오늘 날씨는 흐리고 믿음에 금이 가고 있다
갈라지고 터진 살을 비집고 나온 구름 한 움큼

색이 변하고 자세가 뒤틀린 살가죽
한 번의 균열이 틈을 벌리고

손을 꼭 잡고 자더라도 떠나는 길은 혼자서 가야 하는

이름을 잃고 떠난 빈자리는 다시 채워진다

배경이 바뀔 뿐

숨

목숨을 살리고 죽이는
숨을 불어넣으면 대금은 속 깊은 소리 밀어낸다

날아다니는 새의 숨
땅을 온몸으로 받들고 하늘 향한 나무의 숨으로
땅바닥에 앉아 쉬엄쉬엄 피어나는 꽃의 숨으로
봄날 나비 날개 속에서 움트는 숨으로

끌어모은 숨이 숨으로
돌고 돌아 숨으로 맺어진 유대

지표로 선 나무와 바다를 건너온 숨을 깊이 들이마시면
북받쳐 오르듯 봄날은 갔다가 돌아와
들썩이는 어깨에 꽃을 피운다

구렁을 지나온
쉰 소리, 바람이 되고 노래가 된다
뺨에 붉은 꽃잎이 스쳐 지나가고
나무의 숨이 영생을 불러들이고 있으니

소라의 저녁

호칭 하나씩 달고 둘러앉아
걸어온 길을 다른 문장으로 표현한다

소라 한 망을 잡아와 저녁상을 차린다
데면데면하던 사람들이 소라 하나씩 들고
숨기고 싶은 이야기를 나선형으로 끄집어낸다

장문으로 말하는 가난은 항해에서 막 돌아온 선원 같고
운문으로 말하는 가시는 탱자나무에서 꺾어온 냄새가
나고
유독 행간을 걷던 그녀는 소라 안에서 쉽게 나올 것 같
지 않다

바늘 끝에서 미끄러져 나오는 길과 길들이
호젓한 눈길을 주고받다가
허공에 외로이 매달려 있는 한 생애에 집중한다

음악은 어둠에 빛깔을 입히고
우린 어딘가로 미끄러지기 위해 밤늦도록
잔을 부딪는다, 별은 레드와인 속으로 들어와 있다

기억 파티

운동 삼아 월산 공원을 돌고 돈다
직박구리 예닐곱 마리 오늘따라
이 나무 저 나무 소란스레 옮겨 다니며 전할 게 있는 듯

밤을 몰고 오는 소리들
꿈에서 만날 사람이 꿈에 나타나
인연들을 불러 모아 놓고
기억 파티를 하고 있었다
기억은 정면보다 모서리부터 시작되는지
소홀했던 기억에 채색하며
얼굴에 도장을 찍듯 눈으로 소통한다
손을 마주 잡고 온기를 나누려 하지만
세상이 온통 눈으로 덮인 날을 말하고
한 발 한 발 출근 도장을 찍듯 눈 밟는 소리를 듣는다
황토 질퍽길에서 종아리까지 빠진 다리를 빼내며
생생한 이야기로 넘어갈수록
생기가 돌던 얼굴

어느 순간 사라져버리고

기억 파티 잔여물을 식탁 위에 올려놓고
창밖 직박구리의 움직임을 살피는 이른 아침

구겨진 종이

하얀 종이 한 장이 내 마음이라고 이름 짓습니다

호수처럼 맑은 종이 위에
사사로운 일에서부터 큰일까지 적어 놓으면 글자들이
밝아집니다
기쁨을 적어 놓은 후 시간이 지나면
글자만 남아 있습니다
어두운 아픔을 적어 놓고 한참 만에 다시 읽어 봅니다
휘발된 상처들을 읽으며
상처를 대하는 태도를 바꾸기도 합니다

천사의 옷을 걸친 하얀 종이를 당신의 마음이라 이름 짓
습니다
건네주던 따뜻한 말을 받아 적습니다
시간이 지날수록 뜨거워진 말은 살아 있습니다
당신의 아픔을 받아 적어 둡니다
당신을 더 사랑하게 됩니다

아무것도 쓰이지 않은 하얀 종이를 날려 봅니다

멀리 가지 못하고 발등에 떨어집니다

상처가 많은 마음을 꼬깃꼬깃 구겨버립니다
그늘의 무게를 담은 종이를 던지니
멀리 달아나는 구겨진 종이를 바라봅니다

손가락을 오므렸다 펴며

지난겨울은 참 매서웠다 우리나라 봄볕은 손꼽을 만하다며 여행을 떠나자 했다

스페인 땅끝에서 산티아고를 걸어온 사람들을 포옹하는 게 버킷리스트 중 하나라고 했던 말을 잊지 않고 있다.

친구에게 버스 타고 해남 땅끝에서 먼저 하룻밤을 보내며 햇살 속을 걸어 보자 했다

땀을 흘리며 운동하는 저녁 시간이 좋다던 너의 카디건 단추가 떨어졌을 때 식탁 아래에서 주운 단추를 주머니에 넣어주었다 나는 운동이 필요한 체질에 대해 세세하게 알려주었다

살아온 날보다 적은 살날에 대해 손가락을 오므렸다 펴며 말하는 너의 손에서 시간이 빠져나갔다 우리의 봄날을 기록해 두자는 메모지에 날짜를 써넣다가 너는 하늘을 올려다보았고 그런 너의 표정에서 봄날은 참 빠르다는 걸 읽었다.

걸려온 한 통의 전화를 풀꽃 위에 가만히 내려놓는다

먼 기억

가까이 있던 기억은 흘려보내고
숨겨 둔 날개를 마지막으로 파닥이며 다다른 곳

바닥을 짚고 일어선 그곳에 머무르며
진한 독주 한 잔 들이켠 듯
뒤돌아보고 싶지 않은 시절이라면서 다시 살아내고 있
다

그 시절을 지우고 사는 자식들
한자리에 앉혀 놓고 장면 장면들을 선명히 되살린다

고요의 틈새를 비집고 자신의 등을 토닥이는 비가를 읊
는다

출렁다리에서 무서워 떨던 우리를 달래며
당신의 무서움을 달랬던 것처럼
환자복의 무게에 짓눌린 어깨는
먼 길 떠나려는 서쪽의 언덕 같기만 하다

깡마른 녹차잎이 뜨건 물을 받아마시며
포르르 살아나 봄날에 가닿을 때처럼

여행자 2

비가 내린다 그칠 기미가 없다 눈물 흘려주는 하늘을 품
는다

말씀을 가슴에 묻고
웃음을 묻고
벚꽃이 지는 동안 이름 하나를 묻는다

마음이 가난한 이들을 토닥여주던 사람
손잡아주는 방법을 알고 다가가던 사람
먼 나라 아이들에게 손을 뻗어 빛이 되어준 사람

노래를 부르며 나타나
미소 건네며 유쾌하게 이름을 불러준 사람
그늘에 햇살 심으며 늙어가자던 사람

양들이 수놓은 별들을 밟고
그가 열차에 올라탔다 가벼운 몸놀림이다
열차는 순간에 사라지고

새 한 마리가 거대한 원을 그리며 맴돌고 있다

외발로 서서

잎사귀 하나 없는 나무둥치가 외발로 서 있다

숲도 나무도 손을 놓아버린 줄 알았는데
둥치 가장자리 상처가 두툼하게 아물어간다

깜박 졸다가 숨 놓아버릴까 봐
수신호를 보내며 숨 불어넣고 있는 곁의 나무들
단단했던 몸이 이파리 놓아주면서 더 많이 울었던 것일까

한참 동안 앉아 햇살을 불러 모아주는 새를 보며
숲은 더 술렁거렸을 테지만

물길을 잃고 푸석푸석 주저앉을 때
한 나무뿌리가 제 손을 내밀어
링거줄이 되어 뿌리에 수혈하는 나무
나무가 나무를 쓰다듬어 잠재우는 시간

짱짱히 두 발로 서서
피를 나눈 적 있었던가, 나는

출렁다리

산의 심장과 심장을 맞대 놓으니 기억 끄트머리부터 출
렁인다
산은 무심한데 흔들리는 건 나다
왔던 길로 되돌아가고 싶어도 이미 마주 봐야만 하는

첫걸음마를 가르치듯 양의 손을 잡고
산을 사랑하는
바람을 사랑하는
구름을 사랑하는 당신이 걸어온 길을 펼쳐 놓는다

다리가 출렁일 때마다
이제 막 태어난 어린 양에게 물 한 모금 떠먹이듯
손을 맞잡아주며
이걸 구름이라고 보면 구름다리 위에서 꿈꾸는 거라고

회오리바람은 방향을 정하지 않고 불어와 출렁일 때
불러도 오지 않는 당신
구름 없는 지상에서 더 흔들리고 있는데

어린아이에서부터 시작된 혼자만이 건너야 할 길
아직 멀다

침묵의 꽃

편지 사이사이 묻어 둔 행간
연못 위의 발자국을 지우며 내리는 가랑비에 젖어
연계정*은 홀로 앉아
물 위에 뜬 모현관*을 들어 올린다
오랜 친구인 침묵을 품에 안고
한 구절도 고쳐 쓰지 않았으므로
먹구름이 세상을 뒤흔들 때마저도
그 너머에서 빛을 내는 별을 키워냈던 것처럼.
뒤뜰 대숲을 흔든 바람이거나
참새들이 밤낮 소란스레 지껄이는 지저귐도
쌀뜨물 가라앉히듯 하였으니
너무 멀다, 보고 싶다를 구름에 띄워 놓고
눈 위에 발자국만 남겨두고 돌아와야 했던 시간
뚜렷하게 보이는 침묵을 받아 적어 남긴다
가장 선명하게 피워낸 그 순간들

* 연계정 : 미암 유희춘이 후학의 강학소로 사용했던 정자.
* 모현관 : 미암 유희춘이 쓴 『미암일기』를 보관하기 위해 연못 한가운데에 지은 건물.

제2부

실레네 스테노필라

문을 열어 둔 씨앗에게는 죽음이 다가설 수 없다

3만여 년 동안 툰드라에서
졸다가 시계 초침을 놓친 순간
얼음이 되어버릴 것 같아서

심장 소리는
빙하로 흐르지 않는 무아無我의 길이었다
불완전한 시간에 갇힌 얼음들은 녹아 흘러내리고

뜻하지 않게 누군가의 가슴에 스며들어
줄탁동시로 서로를 알아보게 하는

살아 있는 자의 편이 된 시간은
지지 않는 꽃으로 피어난다

한여름, 백야

빙하를 보러 간 알래스카에 꽃눈이 휘날렸다

낮과 밤의 시차를 넘어
오늘과 내일에 방점을 찍던 경계는 사라지고
자작나무 숲에 다다라 정지해 있는 바람
내 편 네 편에 갇혔던
두 감정은 어디론가 사라지고

암막 커튼으로 빛을 가리고 현지 사람들 잠에 든다

나는 오로라를 보는 듯
꺼지지 않는 빛의 적요에 취해
이름을 알지 못한 보라 꽃 정원에서 길을 잃어도 좋았다
뒤돌아보면 달빛과 햇살이 하나 되는

빙하가 상징이었던 알래스카에서 빙하를 보기는 쉽지
않은 일
고산의 빙하가 녹아 쏜살같이 흘러와
호수에 이르러 잔잔한 눈빛으로 눕는다

침묵 한가운데 나는 서 있었다
경계를 짓는 습관 하나를 지우고 나를 지우고

바위

바위의 피를 물려받았다고 믿는 때가 있었다

바람이 불고 폭풍우가 왔을 때
흔들리지 않는
단단하고 말 없는 피가 중심을 잡고 있었다

바위가 짓누르는 무게를 이기지 못한 때에
세상의 아름답고 부드러운 것만 보였다

한때는 바위를 품은 비탈에 핀 꽃이 되고 싶었다

언제부턴가 깨부숴야 하는 이 단단한 생각들
비탈을 굴러 내려가
들판의 부드럽고 말랑한 흙을 그리워하다가

바위를 묶거나 반으로 가르는 나무뿌리를 보았다

바위를 뚫고 자란 나무는 흔들려서 좋았다
흔들리고 싶었던 날들을 키우는 바람

뿌리와 바위를 하나로 묶는 건 부드러운 흙이었다

괄호를 열다

돌계단 틈을 뚫고 자란 풀을 따라 올라가면 고택이다
사랑채와 안채 사이 돌담은 경계를 긋고 있나
물안개를 걸친 앞산은 희미하고 먼데
무릎 꿇고 앉아 검은빛 마룻바닥을 닦아내고 있는 아이
마당에는 뽑아내고 뒤돌아서면 자라나는 잡풀들 바쁘다
나무 결을 따라가다 보면 거대한 산 아래
큰딸로서 짊어진 짐들을 닦고 있다
안채의 적요는 오랜 손님을 맞으며 비를 부른다
마루에 앉아 점점 굵어진 빗줄기에 아이의 등을 토닥이며
처마로 흘러내린 비에 씻겨 내려가는 시간들
낙숫물에 마른 수건 적셔 땀을 닦아준다
오랫동안 묵은 때에 갇혀 있었던
아이의 손을 잡아 일으켜준다
돌계단을 내려오는 길
사랑초꽃은 거기 항상 피어 있었던 표정으로 올려다본다

소리무덤

귀에 손을 오므려 모아들인 소리들
들리지 않는다며 마스크 벗은 입 모양으로 말하라는데
소리 없는 말을 해독하려다 어림잡아 전혀 다른 말 한다

시장통에서 잃은 아이를 찾으며 부르던 목소리
지구 건너편까지 닿을 그 소리를 목청껏 닿으려 해 보지만

세상이 왜 이리 조용해졌는지
모든 소리가 어디로 사라졌는지 묻는다

마음 외진 곳에 묻어 둔 말들
이제껏 하지 못했던 말들이 가슴 저편에 닿을 수 있게

봄바람 따라 피어나는 꽃을 부른 말들
소리의 옷을 벗은 기억은 춤이 될 수 없어서
말라가는 소리 쩍쩍 갈라진 틈으로

마스크를 벗고 입 모양을 크게 크게 벌려 소리를 만든다

관계

투수와 마주 보기 좋은 날씨다

조련시키면 마음대로 조종할 수 있다고 믿는 넌
친구이며 동반자라고 말한다

둥글어서 착하지, 착하지, 구슬리는 대로 순응하다가
내가 없는 나를 네가 부르는 이름 같아서
어느 순간 너의 손끝이 절벽 같아서

바람은 한 방향으로만 오지 않고
왼쪽과 오른쪽 빈구석을 찾다가 튕겨 나가게 한다

저항하는 속도만큼
방망이를 움켜쥐었던 손과 하이파이브를 나누며
한 마리 새처럼 허공을 가르며 날아간다
환호와 한숨이 교차되고

벤치에 앉은 앳된 투수의 양 볼에 흐르는 상념과 길 사이

훈련된 사냥개의 습성을 버리고
투수와 포수, 타자가 울리는 트라이앵글 소리
하늘 높이 솟구쳤다 나타나는

처서 이후

방림 철교 아래서
비둘기들이 더위를 피해 줄줄이 앉아 있다
기척을 내며 지나가도 마냥 더위에 헐떡일 뿐

남광주시장에서 팔다 남은
살이 허문 갈치 몇 마리
헐값에 사 들고 돌아가는 걸음걸이를 따라
검은 비닐봉지 밖으로 꼬리를 살랑살랑 흔드는데

플라타너스 이파리 몇이
여름을 넘기지 못하고 바닥을 뒹군다

백팩을 멘 아이들
땀에 절은 이야기를 끌고 집으로 간다

갈매기가 찾아온 후

갑자기 갈매기 한 마리 내 안으로 들어왔다

돌려보낼 바다를 수소문했지만
들리는 소문만 무성할 뿐

그에게 소홀해진 동안
나의 일부분이 되어 있었다

장마가 길어졌으므로
보이는 풍경마다 소리 없이 날개를 퍼득였다

내가 바다가 되어야 했으므로
점점 수위는 높아지고 있었다

마지막 이사

노인은 노인들과 어울려 살아야 한다는 구름 같은 말에 실려
노인들의 천국으로 이사를 간다

세간을 버리고 친구들에게도 잘 사시게 인사를 건네며

외로운 몸 하나 이끌고 새 친구들을 사귀러 간다

생각에 따라 천국이 되고 지옥이 된다는 말은 허울 좋은 말

침상에 누워 말 한마디 없는 친구이거나
온종일 텔레비전에 눈과 귀를 맡긴 친구이거나
책을 읽고 필사하며 빼꼼히 안경 너머로 바라보는 친구이거나
제 손으로 밥 먹는 일도 부럽기만 한 친구이거나

혈육이 오기를 한없이 기다리는 친구들
오늘이 내일인지 내일이 오늘인지조차 모르고 살아 있

는 집

　충만한 기억으로 집은 점점 부풀어 오르고 마음대로 떠
났다가 돌아오는

순간이 영원으로

　남녀노소가 어깨를 나란히 맞댄 채 의자에 앉아 박수를
친다
　환벽당 마루 위에서 장삼 자락 늘인 채
　버선발을 옮기며 영혼에 숨길을 불어넣는다
　춤사위는 이미 누군가에 전이되어
　판소리 가락을 열고 들어가 옛 선비들과 어깨를 나란히
하니
　나무들도 푸르름으로 어깨를 들썩인다
　백수를 누린다 해도
　연못에 핀 연꽃의 순간에 지나지 않으려나
　남녀유별이었던 때를 보란 듯
　남녀노소가 한데 어우러져
　시간을 건너온 춤사위를 따라
　높낮이가 다른 어깨를 부딪치며 춤을 춘다
　소나무는 이전부터 지금까지 제자리를 지키고 서 있는데
　소나무에 앉았다 간 새 한 마리 누구인가
　강직하게 걸어왔던 공간은 세대의 경계를 허무는 노랫
가락에
　꽃과 나무와 새도 하나 되는 봄날

바람은 방향을 멈추지 않고 있다
마루에 앉아 올려다보는 눈과
허공에서 내려다보는 눈이 마주 보는 자리에는
꽃잎들이 춤사위로 내려앉는다

중독

예기치 않은 일들이 겹치며 의심하기 시작했다

공군에 입대한다며 친구들을 불러
송별 파티를 하고
머리를 짧게 자른 후 한 밤 자고 나면 가야 할 일
전보 한 통이 날아왔다

왕래도 없는 먼 친척이
빨갱이들에게 부역했다는 기록이 있어서
입대를 취소한다는 거였다

뒷마당 앵두가 익어 저절로 떨어질 때까지
참새 몇 마리가 쪼아 먹어도
소설책 속 여러 길을 쏘다니다가

나오는 길에서 돌멩이 한 개 주워 들고
표적도 없이 던져 보는 동안

슬픈 눈의 아이

책가방을 길모퉁이에 세워 두고
책을 펼친 채 사람들의 표정을 읽는 아이

웅장했던 중세 유럽의 상징이 된
성당으로 가는 사람들의 발걸음은 가볍다

스케치인지 낙서인지
노트에 그림을 그리던 아이는
종이비행기를 접어 힘껏 날려 보지만
멀리 가지 못하고 처박히고 마는데

웅장한 건물들은 아이에게 햇볕을 허락하지 않고

어젯밤 식탁에서 빈 그릇을 주고받던 가족이 담긴 눈
점점 얇아진 노트와 작은 상자 속의 동전 몇 개가 겹친다

종이비행기를 밟을 뻔한 사람이
상자 속에 비행기 한 대를 착륙시켜 놓고
아이 눈 속에서 슬픔을 꺼내 가만히 주머니에 넣는다

얼굴 없는 얼굴

호랑이보다 무서운 날짐승이 돌아다닌다는 뉴스다

마스크를 쓰고 있으면 공격하지 못한다는 보이지 않는
그것

웃고 있는지 화를 내고 있는지 표정을 읽을 수 없다
굳어져 가는 표정은 방향을 찾지 못하고 숨을 곳을 찾는다
사람은 사람이 두려워 동굴 속으로 들어가
박쥐처럼 거꾸로 세상을 보기 시작한다

마주 잡고 싶은 손이 사라지고 포옹할 가슴이 사라진 사
람들
스스로 고립무원이 되는

섬에 고립된 검은 염소처럼 바다만 바라보고 있다
우리들의 소리는 아무에게도 들리지 않고
혼자 철썩거리다 사라지는 파도 같았다
간수에 잠겨 두부처럼 굳어가는 얼굴들

얼굴이 되어 있는 마스크

날짐승보다 무서운 표정을 지어도 드러나지 않는다

이제는 마스크가 변심할 때를 기다린다

이상한 전시회

자작나무 푸른 숲을 거닐던 코끼리가 쓰레기통을 뒤진다
펭귄들이 줄을 서서 꽃눈을 받아먹는다
코끼리 코는 더 길어지고 상아는 지워진 채

쌍봉낙타 한 무리가 거리를 두고 풀숲을 가만가만 걷는다
따라오는 토끼들을 뒤돌아볼 때 자작나무 숲은 보랏빛
으로 변하고

사막의 키 큰 선인장 아래 북극곰 세 마리가 바늘에 실
을 꿰고 있다

조금 전 만들었던 눈사람이 흔적도 없이 사라졌다.

의자에 앉아 있던 아이가 잽싸게
숲으로 들어가더니 포효하는 동물과 함께 발자국도 남
기지 않고 사라져
하이힐을 벗어 두고 맨발인 채 숲으로 아이를 찾으러 들
어간다

왼쪽으로 돌아야 했을까, 오른쪽으로 돌아야 했을까

땀의 무게

땀을 모아 호수에 풀어놓으면 아이의 보조개 같다

어깨에 멘 짐은 한쪽엔 자식 한쪽엔 삶

하늘에 닿은 계단을 짐을 지고 오른다 천 근의 무게라
할지라도

남들이 하찮은 일이라 할 때 자식 키운 기쁨으로 걷는다

오악의 산 화산과 맞서 오르는 사내

산이 두 손 들고 그 앞에 바짝 엎드려 길을 내주고

푸념이나 불평 없이 아이의 미소를 메고 가는 화산 짐꾼

벼랑 끝이 그가 가는 길을 열어주는

제3부

느티나무를 심다

어린 느티나무 한 그루 마을 초입에 심었다
그 느티나무는 내 등을 다독이며 인내를 알려주었다

나무는 동족을 죽이지 않는다
아니 동족이 아니어도 서로 품고 함께 길을 간다

일찍부터 어둠 속으로 숨는 버릇이 생겼다
사람의 흔적이 없는 동굴에서
반딧불이처럼 어둠을 밀어내고 빛을 내는

나무가 색을 바꾸는 동안 손꼽으며 사람들이 모여들었다
햇살을 모으는 일에 한 생을 바친 나무
아버지! 라는 이름 불러 보고 싶은 내게 아버지로 커가는

그날의 현장을 기억하고 있던 몸
느티나무는 몸을 비틀어 슬픔의 색깔을 바꾼다
나무의 표정에 햇살이 스며든다

동백꽃 배지

전국의 동박새들이 모여와 병든 동백꽃에 입맞춤한다

동백꽃의 영혼이 담긴
배지를 받아 들고
밑둥치를 갉아먹는 벌레들 솎아내고
꽃잎 한 겹 한 겹 사이를 들추어 먼 기억에 가닿는다

비바람에도 고개 쳐들고 견디던 시간들
눈보라가 얼굴을 지우려 쌓일 때조차
뿌리에서 건네오는 목소리
수만 가지의 문제는 하나로 통한다며

동박새들이 소리를 물어 나르는 동안
꽃망울이 꽃망울을 깨우는 소리
무심했던 세상 속으로 뻗어나가는 나무의 흔들림

동백에게 내 피를 수혈해주었다
길 잃은 꽃들이 돌아온다
동백꽃이 다시 피어난다

목이 툭 툭 부러져 땅에 떨어지고도

지지 않는 목소리

감자 북을 쌓다

감자가 상자 속으로 들어갔는지
상자가 감자를 불러들였는지
빛을 가로막고 있는 신문지

상무관에서 관을 옮기던
그의 어깨는 기울어진 저울추를 끌어 올렸다
그날따라 어깨를 편 당당한 걸음걸이는
못다 푼 숙제를 하는 것 같았다

책* 속에 그가 보초병처럼 새겨져 있다
'벗을 위하여 제 목숨을 바치는 것보다
더 큰 사랑은 없다.'
그는 살아 있는 문장으로 싹을 틔우고 있었다

여러 각도에서 눈을 키운 감자
또렷한 눈을 틔워 상자는 상자로 남겨 두고
흙 속에 한 생애를 묻고 북을 쌓아 올린다

어둠과 빛이 출발선상에서 자세를 낮추고

멀리 보는 눈으로 또 다른 문장을 쓰는 중이다

* 임철우의 장편소설 『봄날』 127쪽에 기록되어 있다.

다랑쉬굴 입구에서
– 74주년에 축문을 올리며

멀리 오름이 지표처럼 보이고, 공포가 자라 잡풀이 무성한 곳

피 맛 들린 승냥이가 두려운 바닷가 사람들, 들판 한가운데 움푹 파인 다랑쉬굴 속으로 숨었습니다

숨죽여 사는 사람의 냄새를 맡은 승냥이들
동굴 안으로 수류탄을 던지고 연기를 피워
한 목숨도 살아 나오지 못하게 했습니다

호명해주길 기다리며 새까맣게 탈골된 영혼들

74년이 지난 지금 여기 작가들이 모여 이름을 부릅니다
강태용 34세 남자, 박봉관 27세 남자, 고순환 27세 남자, 고순경 25세 남자, 고태원 25세 남자, 고두만 21세 남자, 함병립 21세 남자, 김진생 51세 여자, 부성만 24세 여자, 이성란 24세 여자, 이재수 9세 남자

봄날, 꽃잎은 가슴에서 가슴으로 퍼져가는데

다랑쉬굴은 두더지 굴을 막아 놓은 듯 단단히 재갈 물려
있습니다

　영령들이여, 묵음으로 지내온 시간을 열어
　빛으로 짠 옷을 한 벌씩 지어드리오니
　햇살 받으러 나와주세요.

들리지 않는 목소리

들로 산으로 놀러 다니던 아이가 보이지 않는다

총소리에 놀라 벗겨진 신발을 가지러 간 아이
집으로 돌아가는 길을 놓치고
어딘가로 끌려가던 아이는 소리치며 불렀지만
아무에게도 들리지 않는 목소리
군인들이 주고받는 말소리만 어둠 속을 오갈 뿐
흙이 될 수 없는 아이
언젠가 그 목소리로 돌아오리라
우리의 기억을 붙들고
씻김굿 하듯 무등산을 붉게 물들인다
아이는 철쭉꽃으로 피었다가
구천을 몇 바퀴 돌고 돌아
암호를 보내듯이
걷고 걸어 이팝꽃으로 환하게 웃는 아이

웃고 있어야 기억될 것만 같아서

거울의 이면

소나무 분재를 보고 아름다운 예술이라는 입들
특수하여 가까이 두고 싶지 않다고 팻말을 든 입들
외투 속에 장애를 감추고
주머니에 넣어 둔 돌멩이를 만지작거린다
소화장애 수면장애 결정장애 정서장애 공황장애 불안장애
하나쯤 가진 장애를 은경 뒤에 감춘 채
보여지는 장애와 보이지 않는 장애의 1밀리미터 거리를
넘지 못하고 있다
어머니, 무릎 꿇지 마세요
바닥에 핀 채송화를 향해 아이들을 향해서
하루의 노동을 마친 소처럼 무릎 꿇고 앉아요
휠체어 타고 사랑의 등고선을 날아오르는 아이들, 보고
싶어요
밀어주고 끌어주는 바퀴 소리 가슴속 자갈밭을 건너지
못하고

마지막 승객

고향 집에 다니러 간 사람들 표정이 아니었다

불안감을 눌러 앉힌 결의에 찬 얼굴들
화순으로 가자는 말이 화성으로 가자는 말로 들렸다
고등학생 같기도 하고 대학생 같은 학생 몇 명
공장에 다닌다는 아가씨들 몇 명
이 땅을 깨우고 붉은 별이 보내는
반짝임을 가슴에 품고 가야 할 곳이었을까
백미러 속 승객들은 골똘히 밖 풍경을 응시하고 있다

도심을 벗어나 두 눈에 불을 켜고
지원동 버스정류장을 지나는데
멈추라는 신호도 없이 날아든 총알들
브레이크를 밟고 두 손을 들어야 했나
액셀을 밟고 끝없이 달려야 했나
판단할 새도 없이
꿈을 실어 나르는 바퀴에서 바람이 빠져나가고

괜찮니, 물음에 대답이 없다

텅 빈 차 안
유리창이 깨지고
승객들은 흔적도 없이 사라진 채
흥건히 고인 피
멸종을 바랐을 밤은 새벽을 끌고 오고 있었다

멱살 잡힌 채 폐차장으로 끌려갔다
젊은이들을 찾으러 화성으로 가야 하는데
총 자국을 세다 말고
눈을 부릅뜬 내게는

마지막 승객들이 아직 끝나지 않은 미래였다

먼산바라기

웅장하게 서서 옛 영화에 취한 벽돌 건물
뒤로 돌아가면 낡은 텐트 속에서
고개를 빼꼼히 내놓고 텅 빈 눈으로
히히 웃으며 주사기를 제 팔에 꽂는 좀비들

밴쿠버 사람들은 익숙한 듯
두서너 블록 골목의 좀비 전시장을 둘러본다

밤늦은 시간
90만 원어치 빵을 사 들고 가족들을 깨운다
공짜 빵이니 어서 일어나 먹으라 다그친다
흔적을 없애려면 다 먹어 치워야 한다며

완전 범죄를 꿈꾸며 빵 부스러기까지 핥아먹고
좀비들의 습성은 하나씩 늘어간다
부끄럼 따윈 하며
씰룩 웃는다

수분이 빠진 현실은 부스러져 빈손이 되고

살기 좋은 나라로 가겠다며 이민 간 친구는
주름진 길 끝의 정원 있는 집에 다다라

고향의 좀비들이 뉴스에 나올 때마다
여기 좀비들은 자신을 망치지만
모두를 망치고 혼자 살겠다는 그 좀비들
부끄러움은 이민자들의 몫이라고

딱 하루만

딱 하루만 쉬어가자며 나선 길
수레바퀴를 굴리며
마주 보지 못했던 가족
손잡고 거닐며 추억 한 번 만들어 보기로 했다

그저 딱 하루만
숨 한 번 크게 내쉬고
소소하게 웃어 보자고 나선 길
이태원 길에서
해일처럼 밀려든 인파에 웃음은 난파되었다
대한민국 수도 서울 한복판에서
SOS 문자를 보냈지만
대답 없는 메아리

화창한 날에는 밀린 일 마무리하느라 힘들었다며 올 것
만 같고
비 오는 날은 비를 피해 달려올 것만 같아서
망연히 마주 오는 사람이 너였으면 하는데
조각보처럼 기울 수 없는 영혼들

다음은 누구 차례인가
내 차례일지도, 네 차례일지도 모르는 길 위에서
몸을 불살라 돌아올 수만 있다면
집으로 돌아올 숨을 불어넣어줄 수 있다면

발을 놓치다

처음 만났을 때 나를 신고 뛰어 보고 달려도 보고 얼굴
을 닦아주며 반기던
밭고랑 위에 가지런히 나를 앉혀 둔 채 맨발로 일하던
하루 일이 끝나면 발의 흙을 탈탈 털고 집에 가자던
바다 건너 세상 향해 배를 띄우듯 허공을 가르며 내게
날개 달아주던 그

숨을 곳도 떠날 곳도 없는 섬에서
나만이 어디론가 데려다줄 수 있을 거라던

예비검속에 걸려 유치장에 연행된 후에도
집에 돌아갈 날을 손꼽으며
검은 상복은 입지 않게 해주겠다던 그였다

총부리에 넘어져 어디론가 끌려가던 그의 발을 놓쳤다

비 오려거든

흰 교복을 입고 집으로 오는 길
날아온 총알 파편에 정신을 잃은 아이
몇 달이 지나고
돌계단을 절뚝이며 내려오다 넘어졌다

선장이 되어 세계를 여행하고 싶었던 꿈
구멍 뚫린 옷을 입고 살아야만 했다

비 오는 날이면
쇳조각은 신들린 마녀처럼 온몸 구석구석 쏘다녔다
학교 간다며 교복을 찾을 때마다 어미는 말을 잃었다

오려거든 이 상처 다 씻겨주는
꽃비로나 오지
말없이, 아들 다리부터 어깨까지
여기저기 주무르는 늙은 손에 힘은 점점 쇠약해지고
잃어버린 운동화를 찾으러 떠나버린 후

　하얀 이팝꽃 밟고 아들 만나러 가는 길은 아직도 멀고
멀다

정방폭포의 눈

무지개를 띄운 폭포의 눈에 든 깊은 그늘을 벼린다

지구를 달구는 색깔들을 차곡차곡 쌓아 놓은 듯
물이 물을 내리누르고
바닥을 다지는 속도를 거스를 수 없어서

삼킨 노을이 너무 뜨거워 해설자는 말하는 내내
바다의 깊은 수심에서 얻은 반사경을 들여다본다
하늘의 물보라가 깊은 수심에 다가가지 못할 것만 같아서

지금껏 한 번도 마른 적 없는 폭포는
일흔네 번 지구의 궤도를 돌아와서도
지울 수 없는, 다시 피워 올려야 하는 그것

바다에 칼금을 그으며 수평선에 닿아 있다.

더딘 걸음으로 여기까지 온 폭포수에 어깨를 겯고

물보라를 가로질러 무지개를 걸쳐 놓은 폭포

바닥의 몽돌들 잠에서 깨운다

책을 읽으러 제주에 간다

살아 숨 쉬는 책을 읽으러 제주에 간다

동행하는 사람의 시선이 꽃에 있는지
바다로 향하는지 행간을 찾아가는지
제주 곳곳에는 목록이 다른 얘기들이 숨어 있다

쉬운 목록에 환호하는 사람에게
마지막 장까지 읽기를 권장한다
끝 페이지로 넘어갈수록
살을 도려내는 아픔을 맛보겠지만
한번은 건너야 할 돌다리 같은 것
저자도 제목도 드러나지 않지만
들어가 보면 모두가 주인공이다
이야기 행간 사이에는 무덤이 숨어 있었다
그 무덤을 읽어내는 건
독자의 몫이다
꽃이나 보러온 것이라면 보이지 않는다
푸른 바다에서 파도를 보러온 당신
수심 깊은 그 자리, 뼈의 무덤은 보지 못하고

죽은 책의 목차만 읽고 가는 당신

나는 살아 숨 쉬는 책을 읽으러 변두리 곳곳 행간을 뒤
진다

풀의 시간

쓸모없는 풀이라고 손가락질당할 때
이름 없는 무덤가에 피는
제비꽃과 민들레의 손잡고 강강술래라도 해야 한다고

제비꽃을 피워 올리며
속냉이골 주검들을 자장자장 잠재웠다
민들레 홀씨가
어느 척박한 돌 틈새에 저를 묻고
민들레꽃을 피워내는 날에
눈시울 붉히며 손 내미는 단 한 명이라도 있다면

풀은 땅이 주는 기운에 따라
낮과 밤을 순환하며
기꺼이 베어지고 다시 일어서리라

그저 언덕쯤으로 보여 스쳐 지나칠 수밖에 없던
속냉이골은 잦아지는 발걸음에
민낯이 드러난다 해도
베어진 풀은 말라가면서도 지킬 것이 있는 것처럼

사람들이 따라주는 술을 받으며
죽음이 죽음으로 살아난다
빵과 떡을 나눠 먹는 넉넉한 품에 햇살이 내린다
너는 빨강, 나는 하양, 넌 회색이라며 가리켰지만
베인 풀들은 색을 지우며 시들어가고

새순은
새롭게 씌어질 문장들을 다시 밀어 올리리라

활주로 무덤

단단한 활주로는 입을 틀어막았다

부모 형제를 앗아간 일을 밀봉해버리고 싶었을 것이다
땅 아래 갇힌 진실
봄날 아지랑이 피워 올리지 못하고
개망초꽃 위로조차 받지 못했다

유채꽃을 보러 오는 사람들이 착륙하고
꽃에 취한 사람들이 육지를 향해 이륙하는
활주로 바닥 아래
잠겨진 열쇠는 기억을 두드려 빚어내야 한다

한라산 중산간에서 내려가라는 말에
살던 집을 버리고 살기 위해 내려온 사람들
잡풀인 듯 베어져 불쏘시개가 되어버린

이름 없는 영혼들이 잠든 활주로

하루에도 수십 대의 비행기가 뜨고 내린다

캐리어를 끌며 달려가는
사람들의 꽁무니라도 붙잡고 싶은

활주로 유도등처럼 눈을 반짝이는 이야기가 숨어 있다

제4부

먼나무

손 뻗으면 손을 마주 잡아줄 거리
한 몸에서 태어나 조금 다른 길 걸을 뿐인데

아메리카 대륙에서 외로운 시간 보내는 너에게
해 뜨는 아침을 맞이하는 기분 물을 때마다
햇살의 농도는 하루의 양식으로 다가온다며

지구 반대편에 있어도 심장에서 가슴까지의 거리
먼 거리는 태생 이전부터 하나로 엮여 있다는 다른 말일
뿐인데

한 나무를 중심으로 퍼졌다가 모여들며
손에 손잡고 수천의 빨간 열매를 매달고 기다리며

멀리 더 멀리 날아갔다 돌아오는 새를 반긴다

매서운 겨울 눈을 끌어안고 선명한 색으로 다가서는 거리

만찬

바다에서 갓 잡아온
물고기들을 나무 진열대에 걸어 둔다
사람의 키보다 큰 물고기부터 팔뚝만 한 물고기들
알래스카 스워드 선착장
배에서 물고기들이 들어 올려질 때마다
몸놀림을 지켜보다가 유영하던 바닷속을 다녀오기도 한다
흥정은 암묵적으로 오고 가고
상자들은 자리를 옮겨 작업장으로 간다
거대한 물고기를 잡은 손과 칼을 잡은 손의 각도에 따라
머리와 뼈를 남기고 살이 발라진다
살코기는 살코기끼리 상자에 담기고
머리와 뼈는 휙 던져 바다로 돌아가게 한다
빙 둘러서서 지켜보던 사람들
지느러미 하나씩 달고 어디를 날아갔다 온 표정
바다와 사람과 물고기의 관계는 깨지고
때를 기다리던 갈매기들은 떼로 몰려와 식사를 한다
점점 어두워지면서 바다와 하늘이 몸을 섞는 시간
물고기들이 몸을 흔들며 다가와 물고기들을 끌고 바다
깊이 들어간다

사람들은

살코기와 연어를 사 들고 숙소를 향해 가는데

물끄러미 지켜보는 바다

두 개의 얼굴

빗물을 모아 물을 마시는 사람들
지하수를 파면 바닷물이 솟구친다
투발루 섬에 만조가 되면
땅은 물속에 잠기고 집만 바다에 둥둥 떠 있다.
한 달에 한 번이던 만조가 일주일에 한 번씩 찾아온다
아이들은 물을 가지고 놀다가 집으로 돌아가려고 보면
물에 잠겨 키가 작아진 집을 찾다가
두려움이 밀려와 눈물을 흘린다
눈물이 바닷물의 농도와 같아질수록 산호섬에
산호는 살지 않고
해안선은 한 걸음씩 안으로 들어온다
바다가 바다로 돌아갈 때
나무뿌리에서
한 소쿠리씩 흙을 메고 빠져나가면
나무도 사람도 앙상하게 서서 바라볼 뿐.
꽃게들도 바위에 붙어 있는 시간은 짧아지고
기우제를 지내는 기도 소리 들으며
나는
채널을 돌리고 생수를 한 박스 주문한다

경칩

저수지 청둥오리들이 살얼음 진 물을 젓는다
좌우 날개를 펼친 관어정이 물을 차고 오를 자세다

날개 하나는 동쪽을 향하고, 날개 하나는 서쪽을 향해
우리는 언제부턴가 동서를 잇는 띠를 이마에 두르고
꽹과리를 두드리며 춤추었다
서로 맞닿을 다리는 상모돌리기라 생각하면서

눈에 보이는 수심은 착각하게 하고
청둥오리들처럼 어느 방향으로도 넘나들고 싶을 뿐

연 줄기들이 수심을 재 보기 전
경로당에서 웅크리고 있던 청둥오리들이
서로의 색깔을 묻지 않고 물속으로 날아든다

동쪽 다리를 건너오는 너와 서쪽에서 걸어가는 내가
관어정에 나란히 앉아 같은 하늘을 바라본다

면앙정에 올라

담양 평야가 한눈에 찰랑거린다
바다가 걸어 들어온 것일까
하얀 물결이 넘실거리는데
이른 새벽 노인들이 앞장서고 아주머니 아저씨들
바다 속으로 들어가 종일 한세상 이루는
무지개를 펼쳤다가 접은 해 중천에 오르면
딸기며 고추, 파프리카들을 상자 가득 싣고 나온다
죽창처럼 푸르른 벼들 하늘과 땅을 아우르는데
면앙정에서 책을 읽고 가르치는 강학 소리
자손 대대로 자랑으로 앞세우고
허리 펼 새 없어도 노인들은
하늘을 우러르며 놀고먹지 아니한다
옛 시절부터 살고 있거나
이제 막 땅을 차고 올라왔어도 대나무들
서로 얽히지 않고 제 길을 간다
먼 이방인들이 발길 멈추지 않은 것은
예를 다하고 있는 풍경에 취하고 싶을 뿐

등으로 듣는 연주회

음률의 숲을 향해 걸어 들어가 나무가 된 사람들
등은 뒷사람의 표정을 따라간다

고단한 몸을 받아주던 등은
오랜만에 짐을 부려 놓고 음악에 취할 자세다

피아노 선율의 마법에 걸려
숨겨 둔 날개가 돋아나는지 등이 가렵기 시작한다

짓무르도록 걷던 발이 길을 내었다는 라흐마니노프
창공에 그려 둔 정원을 뛰어다니는 공작새였던 것처럼
또렷하게 피아노 위를 뛰노는 손가락

사람들이 연주자에게 집중해 있는 동안
수많은 등은 뒷사람의 얼굴에서 향기를 찾는다

등은 이전 생에서 건반이었던 것처럼
한 옥타브 강하게 가려울수록 피아노로 눕고 싶다

라플레시아, 안녕

나무 책상의 결은 한 방향으로 몰려 있었다

꿈은 부풀어 올라야 하고
높아야만 한다는 말을 앞세운 말들
목소리는 조용히, 위를 올려다보지 않을 자세로 간다

전시회에는 가장 큰 꽃을 보기 위해 사람들이 몰려들었다
무수한 에피소드를 남기고 쓸모없이 발길을 돌린다
구운 빵 냄새를 기대했겠지만

놀림 받으며 이름도 없이 땅바닥에 바짝 귀를 대고 듣는
꽃에게 다가가는 시선이 많아지고
건너편 숲으로 가고 싶었던 거대한 꿈을 가진 건 한때

책상 위의 문양이 휘어지는 쪽에 앉아 멀리 보면
더 작아지지 않아도 되는 밤이 아직 남아 있었다

챙 넓은 모자를 쓰고 두둥실
부풀어 오르는 데 익숙해진 모습을 보며

숲으로 돌아가는 길의 화살표를 돌려놓았다

면과 면이 만나는 지점

혼자서는 빛을 품을 수 없는,
그냥 돌이라고 불러줘

눈을 깜박이며 신호를 보내는 돌들
지구의 심장에서 꺼내 어둠을 빚는 세공사의 손끝에서
가장 멀리 달려온 빛을 끌어당겨 정복할 수 없는 눈이
새겨진다

불멸의 돌이 돌을 빚어내는 결
스스로 빛을 낼 수 없다는 흠결은 나중 일이 되고

얼굴과 내면, 옆모습과 내면, 뒤통수와 내면에 매료된
각도에 따라 무수한 면이 빚어지고

반딧불이가 스스로 불을 달고 날아오를 때
너의 가슴은 더 뛰었을 테지만
한 심장 위에 포개지는 태양의 잔여물을 살리는 방법은
수만 가지

사랑이 오고 가는 수만 번의 번갯불이
겹겹으로 마음의 결을 지나 빛이 한데 모여드는 지점

끝없이 나를 깎고 문지르는 손끝에서
찬란한 빛을 모아 빚어내 상징으로 살아남은 자

미암일기

짧은 치마의 여자와 반바지의 남자가 팔짱을 낀 채 다가
옵니다
타임캡슐을 열고 들여다보던 연인이 손깍지를 끼고 웃
습니다
자세를 고쳐 팽팽해진 시간에 끌려 읽습니다

홀로 닥나무 껍질을 벗기던 여인
나무 방망이로 두드려 만든 누런 한지를 펼쳐
스쳐 지나가는 감정에 숨을 불어넣고
글자와 그림들이 살아 움직이게 합니다

무거운 돌에 눌린 시간이 먼지를 털고 일어나
허허벌판 말고삐를 잡고 달려오는데
멀리서 통행금지 해제를 울리는 파루의 종소리
가슴을 때린 적이 몇 번이던가
묵은 숙제를 풀며
국화주 한 잔 따라 마시며 차가운 마음을 녹입니다

연인들의 입맞춤이 연못에 담기고

연잎 위를 조르르 흘러내리는 빗방울들

흘러가는 시간을 담아 접고 묶어 눌러놓은 뒤
고른 숨으로 푸르렀다 지는

바그다드 카페

건너뛰고 싶었던 사막 한가운데에 내려놓고 떠나버린다
흙먼지 바람을 뚫고 모습 드러내는 낡은 카페

아무도 반겨주지 않았지만
아무에게도 그의 존재를 알아채지 못한 모래 알갱이처럼
밟고 지나가면 패인 발자국으로 남아
모하비 사막의 밤은
도시를 뒤로하고 떠도는 몸을 잠시 누였다 가는 곳이었다

별은 저 홀로 빛나거나 스러져 가슴께로 내려앉는다
제 인생의 주인공을 찾아 새롭게 태어나려는 낮달 같은

어디서 오는지 모르는 그리움으로 떠났다가
다시 돌아오고 싶은 곳
커튼을 열어젖힌다
연습이었던 마술이 실전으로 펼쳐 보여주며

그림 그리는 사람으로
피아노 연주하는 사람으로

부메랑을 던져 돌아오길 기다리는 사람들

오늘이 빛나지 않더라도
묵묵히 돌아가는 레코드판 노래에 맞춰
각자 주인공이 되어 잃었던 웃음을 되살린다

비극의 엑스트라가 주인공으로 뒤바뀌기도 하여
모래바람이 이는 동안에는 잠시 눈을 감는다

보내지 못한 시집

책상에 앉아 있는 모습에 흐뭇한 미소로 방문을 닫아주
었다
당신이 가 보지 못한 책 속에 길이 있다고

수많은 길이 끊어졌다 이어지는 불평에도
여러 갈래 길에서 만난 사람들에게 귀를 열라며
물음표 하나 들고 헤매다 돌아오기를 기다려준 당신

평생 흙을 일구며 산 당신의 갈라진 손발이 해답같이 보
여주었다

어떤 문장을 오래 들고 웅크리면 애벌레에서 깨어나는
순간이 온다
주소 없는 곳으로 간 당신께 보낼
책상 위 시집 한 권

가로등처럼 아주 먼 곳을 비추고 있다

뿌리와 열매

들길을 거닐다 가까워진 우리는 식물성으로 맺어진 사이

공통분모에 색칠하는 면이 많아질수록
여행지를 검색하고 날짜에 동그라미를 그려 넣는 수심
이 깊다

무를 잘게 썰어 말리고 덖는 일을 예닐곱 번 반복하고
가지의 결에 따라 햇살이 바짝 스며들어 잡생각은 휘발
되고
침묵으로부터 단단해진 당신과 나 사이를 우려낸 차는
맑고 투명했다

텃밭 정도의 거리에서 지켜봐주는 당신
깻잎 향이었을까 깨꽃이었을까
바람은 예고 없이 하얀 이를 드러내며 스쳐 지나간다

시작과 끝을 잇는 언제 밥 한번 먹자던 말
맑게 우려낸 찻잔 속 깨꽃 웃음이 떠오른 늦은 저녁

장다리꽃의 초대장

지붕마다 청색 하늘이 내려앉아 쉬었다 가는 섬마을
해 뜨기 전 상해의 닭 울음소리 가거도에 오면
화답하는 닭 울음소리에 하루를 시작한다
시퍼런 바다를 밀고 떠오르는 태양을 따라
최서남단에서 나라를 걱정하며
바다 위에 쓴 상소문을
어제 온 바람이 읽어준다
강풍이 밀려와 얼굴을 내리쳐도
굳건히 제 소신을 지켜내는 바위와 산들
후박나무 숲이 살 만한 섬이라며
진초록 기립 박수로 맞이한다
장다리꽃이 들이민 초대장을 받아 들고 찾아간
바다와 시인이 한 몸이 되는 이곳에는
철새들이 먼저 터 잡아 살며 산수에 취해 있다
독실산에 올라 수평선 바라보며 엄지척하면
바다를 팔딱이게 하는 농어 떼들 몰려든다
근심 걱정은 큰 입 벌린 송년우체통에 넣어주고
가장 늦게 지는 해를 떠나보낸다
보이지 않을 때까지 손을 흔들던 할머니처럼.

호미

모질게 잘라내는 인물은 되지 못한다
하나를 둘로 쪼개는 일은 체질에 맞지 않아서
남의 등에 난 잡초를 뽑아내고는 쉬어 간다

텃밭은 사색을 심고 기르기 좋은 거리

묵정밭을 물려받고 난감해 있을 때
누구는 제초제를 뿌리라 하고
누구는 관리기로 갈아엎으라 한다

흙과 나란히 걸을 생각에
굽은 허리로
몇 날 며칠,
질긴 풀뿌리를 파내며 생과 멸 사이를 오가는 동안

소나기에 흠뻑 젖은 부드러운 흙의 속살에 닿기도 하지만

자갈들이 날카롭게 반응할수록
묵은 생각들이 걸어나온다

플래카드 혁명

밤이 되면 방에서 나오지 않는 마을 사람들
혁명을 모의하듯
신혼부부에게 달의 정기가 모아져
마을의 명운이 아침 해가 산등성이를 밀고 올라오듯이
와야 한다고.
소리를 잃어가는 마을에 개 짖는 소리마저 고요에 익숙
한 듯
노인들은 마지막 전사처럼 기웃거리며 다녀간다
출세를 부추기던 문장들로 펄럭였던 노인들
냉장고에 붙여 놓은 스티커 삐뚤삐뚤 새겨진 기도문
젊은 부부의 기운을 나눠 받은 노인들은 걸음이 빨라지고
산이 커지고 기쁨도 커져 꿈이 아니기를
선암마을 앞
현기 씨와 미래 씨 부부 첫 딸을 낳았다는
경축 플래카드,
자꾸 뒤돌아볼수록 배가 불러오는

시간의 강물과 삶의 파란

고재종 시인

1. 사랑하는 사람의 먼 길

　인간은 자기죽음을 향해 달려가는 자유인, 그걸 본래적 존재로 본 것은 『존재와 시간』의 철학자 하이데거였다. 누구도 대신할 수 없는 자기죽음, 그 죽음이 면제되는 일은 누구에게나 어떤 예외도 허용되지 않은 죽음, 내가 죽으리라는 것을 알지만 나는 그것을 믿고 싶지 않은 죽음, 막상 자유의지로 죽음을 겪어 보려고 해도 그 죽음 속엔 이미 자신의 부재不在로 인해 결코 체험될 수 없는 죽음, 그러기에 나는 죽음을 알 수 없다. 어쩌면 하이데거의 극히 개인적인 '죽음을 향한 존재'란 자기가 죽음을 실제로 겪는 존재가 아니라 다만 죽음이라는 유한성 속에 갇혀 있는 단독적 실존으로서의 인간의 한계상황을 말하고자 하는 언명

107

일 것이다.

그런데 그 죽음을 간접적으로나마 경험할 수 있는 것은 가족이나 지인 등 내가 사랑했던 사람들이 그 어떤 이유로든 죽음을 맞았을 때이다. 방금 전까지만 해도 함께 웃고 밥 먹고 사랑의 노래를 부른 사람인데, 이제 당장 눈앞에서 결코 볼 수 없는 사람, '언제까지나 영원히' 더 이상 아무것도 아닌 결정적 무화無化로서의 죽음에 처해진 사람, 그 앞에서 우리는 당혹해하고 슬퍼하고 때로는 하늘이 무너지는 아픔을 겪는다. 그때 죽음이란 '모든 것이 귀착되는 곳'이라는 보편적 진실도 별로 위로의 가치를 발휘하지 못한다.

어쩌면 이제 그 사람과의 관계의 단절, 결정적인 단절, 결정적이면서도 영원한 단절이 서럽고, 아프고, 이제 '모든 게 끝'이라는 말을 공포스럽게 인식할 수밖에 없는 상태가 되기 때문이다. '이토록 가깝고, 이토록 먼'이라는 두 마디로 죽음을 형용한 블라디미르 장켈레비치의 말대로 때로는 일상 속에서 전격적으로 닥치는 죽음이기에 이토록 가깝고, 그로 인한 영원한 단절이 주어지기에 이토록 먼 것이 죽음이다.

이지담 시인이 이번 시집 들머리부터 한 죽음을 기억한 시를 배치한 것도 그 죽음이 너무도 전격적이고, 너무도 멀게 인식되었기 때문이었을 것이다.

아침마다 뻐꾸기 소리 들으며 먼 길을 배웅한다

축일에 만나기로 한 약속을 미루기로 했다

몸속에서 아주 작은 열매 하나 떼어내고
설중매처럼 봄날을 맞이하자던 말

핸드폰 용량을 비우다가 2년 전 통화가 자동 저장되어
있었다니

창포 줄기처럼 푸르렀던 목소리를 놓칠까 봐
저장 버튼을 길게 누르는데

푸드덕 몸을 털고 날아가는 새 한 마리

– 「먼 길」 전문

어느 날 핸드폰에 가득 찬 저장 용량을 비우다가 나도
몰래 자동 녹음된 2년 전의 목소리를 듣는다. 몸속에 아주
작은 열매, 곧 암의 씨앗 하나가 발견되었는데 그걸 떼어
내고 축일에 만나자는 약속의 말이었다. 축일이라면 가톨
릭교에서 하느님과 그리스도, 성모 마리아, 성인 등에 특
별한 공경을 드리기 위한 예식의 날이므로 핸드폰에 저장
된 목소리의 주인공은 그 가톨릭 신자이거나 사제이겠다.

그 사람은 "꽃잎이 웃음이었으면 좋겠다"고 말한 사람이었고, "허드렛일 하는 사람에게 더 많이 웃어주던"(『어떤 웃음』) 사람이었다. 그 사람은 "마음이 가난한 이들을 토닥여주던 사람/손잡아주는 방법을 알고 다가가던 사람/먼 나라 아이들에게 손을 뻗어 빛이 되어준 사람//노래를 부르며 나타나/미소 건네며 유쾌하게 이름을 불러준 사람/그늘에 햇살 심으며 늙어가자던 사람"(『여행자 2』)이었다.

그뿐인가. 출렁다리 같은 세상에서 "다리가 출렁일 때마다/이제 막 태어난 어린 양에게 물 한 모금 떠먹이듯/손을 맞잡아주며/이걸 구름이라고 보면 구름다리 위에서 꿈꾸는 거라고"(『출렁다리』) 하며 눈 아래 보이는 죽음과 공포감을 이기게 해준 사람이었다. 하지만 질정 없이 불어대는 회오리바람 때문에 "구름 없는 지상에서 더 흔들리고 있는데" 이제 그 사람은 불러도 오지 않는다. 어쩌면 지상에서의 어린 양 같은 나의 삶을, 영혼을 인도해주던 목자이자 친구였는데 지금은 불러도 오지 않는 걸로 보아 그 사람은 현재 지상에 존재하지 않는 것이다.

"창포 줄기처럼 푸르렀던 목소리" 그 생생한 목소리를 더 이상 듣지 못할까 봐 핸드폰 저장 용량을 줄이면서도 되레 그 목소리만큼은 남겨 두려고 저장버튼을 누른다. 이게 부질없는 일인 줄 몰라서 그러는 것은 아니겠지만, 그런 행위 끝에 "푸드덕 몸을 털고 날아가는 새 한 마리"로 날아가는 그 사람에 대한 환상을 본다. "먼저 가서 벚꽃을 피우고 있을 테니/천천히 놀다 오라며 앞서"간 그의 새 이미지는 「여행자 2」라는 시에서도 반복된다. "너무 멀다, 보고 싶다를 구름 위에 띄워 놓고/눈 위에 발자국만 남겨 두고 돌아와야 했던 시간"(「침묵의 꽃」)을 남기고 간 사람은 "시작과 끝을 잇는 언제 밥 한번 먹자던 말"(「뿌리와 열매」)로 영원히 깨꽃 웃음처럼 남아 있다.

그런데 앞서 말한 블라디미르 장켈레비치는 『죽음』이라는 책에서 "인간은 아프거나 서툴러서 혹은 무방비해서 죽음을 당하는 것이 아니라, '인간이라서', 말하자면 그 자체로 죽음을 당하는 것이다. 바꿔 말해 인간이 죽는 것은 이렇거나 저래서가 아니고, 이런이런 점에서 어떠어떠한 측면에서도 아니다. 절대적으로, 본질적으로, 단적으로 '그냥' 죽는 존재인 것이다"고 말한다. 죽음은 몇몇 사람의 예외적 불운도, 몇몇 불우한 불행도 아니고, '원천 징수!' 이 원천 징수되는 선천적 저당은 우리가 유한성이라 부르는 그 타고난 악 때문이라는 것이다. 그래서 우리는 자기죽음에 불안에 떨거나 절친한 타자의 죽음으로 너무 크게 슬퍼할 필요는 없다. 철학자들이 말은 그렇게 하지만 돌아가신 어머니에 대한 애도로 『애도 일기』라는 책 한 권을 쓸 정도로 깊은 상실의 슬픔에 빠졌던 건 롤랑 바르트였다, 그는 말한다. "두 번 다시 볼 수 없구나. 두 번 다시 만날 수 없구나!"

2. 물같이 흐르는 시간

선어록 중에서 격조가 있고 존재에 대한 진실을 투명하게 보여줘서 곧잘 외우고 다니고, 이곳저곳 글에서 활용하기도 하는 화두가 있다.

> 어느 스님이 대룡 화상에게 물었다. '색신色身은 부서지고 파괴되는데, 견고한 법신法身은 무엇입니까?' 대룡 화상이 대답했다. '산에 핀 꽃은 비단결 같고, 골짝물은 쪽빛처럼 맑구나(山花開似錦 澗水湛如籃).'
>
> － 「벽암록」 제82칙

한 스님과 대룡 선사가 어느 봄날 암자 밖으로 나와 산천경계를 즐기고 있다. 이때 스님은 무슨 생각이 일었는지 대뜸 대룡 선사에게 묻는다. 모든 존재는 때가 되면 부서지고 파괴되는데 고정적이고 불변하는 절대 진리는 무엇이냐는 질문이다. 그러자 대룡 선사가 한 대답이 "산에 핀 꽃은 비단결 같고, 골짝물은 쪽빛처럼 맑구나"라는 격조 높은 시이다. 이 선어는 비단을 짠 것 같은 꽃을 즐기며 동시에 화무십일홍花無十日紅을 본다는 것이고, 쪽빛으로 흐르는 물을 보면서 동시에 세상에 고정적인 것은 없고 '시간에 따라 변한다'는 것만이 절대 진리라는 제행무상諸行無常을 본다는 말이다. 그러니 지금 아름다운 때를 즐기라는 말이기도 한 것이다.

화무십일홍이며 제행무상의 주관자는 시간이다. 인생을 한마디로 말한다면 시간에 실려 가는 삶의 순간들이다. 시간은 언제나 삶의 순간들 그 모든 것을 소멸시키는 장본인이다. 소에서 넘쳐흐른 쪽빛 물처럼 한번 흘러간 시간은 영영 돌아오지 않는다. 시간의 본질은 유일회성唯一回性이다. 시간에게 자비란 결코 없다. 그럼에도 그 시간 속엔 "변화와 움직임, 사건이나 충동, 이전이나 이후, 결과와 불가피성, 기간이나 일시적 혹은 지속적인 변화와 같은 표현들이 이미 모두 내포되어 있다."(알렉산더 데만트, 『시간의 탄생』) 그러기에 시간은 단 하루도 호수처럼 평정平靜의 순간을 갖지 못한다. 그 시간의 호수의 파란이 삶이다. 그 파란의 호수의 마지막 배출구에 놓여 있는 것이 노년이다. 시간성의 극점을 경험해야 하는 것이 노년이다.

이지담 시인의 이번 시집에는 죽음의 여러 시편들과 함께 노년의 삶을 표현한 시들 또한 꽤 있다. 「먼일」에선 백수를 누리는 노인들을 모셔서 별미를 시켜드리는 시간을 갖는데, 그 시간 밖에서 "꽃잎은 속절없이 떨어지고 있다" 「먼 기억」에선 병상의 주인공이 "환자복의 무게에 짓눌린 어깨"를 "먼 길 떠나려는 서쪽의 언덕"같이 세운 뒤, 지나온 세월을 지우고 사는 자식들을 한자리에 앉혀 놓고 그 파란의 시절 "장면 장면들을 선명히 되살린다" 바닥을 짚고 일어선 그 시절을 이야기하고, "출렁다리 위에서 무서

113

워 떨던 우리를 달래며/당신의 무서움을 달랬던" 시절을 이야기한다. 하지만 "살아온 날보다 적은 살날에 대해 손가락을 오므렸다 펴며 말하는 너의 손에서 시간이 빠져나갔다"(「손가락을 오므렸다 펴며」)고 단정하는 순간은 너무 빠르다. 그래서 지상에서 천국으로 마지막 이사를 앞둔 노인들의 처지엔 시간이 없다.

　　노인은 노인들과 어울려 살아야 한다는 구름 같은 말에
　실려
　　노인들의 천국으로 이사를 간다

　　세간을 버리고 친구들에게도 잘 사시게 인사를 건네며

　　외로운 몸 하나 이끌고 새 친구들을 사귀러 간다

　　생각에 따라 천국이 되고 지옥이 된다는 말은 허울 좋
　은 말

　　침상에 누워 말 한마디 없는 친구이거나
　　온종일 텔레비전에 눈과 귀를 맡긴 친구이거나
　　책을 읽고 필사하며 빼꼼히 안경 너머로 바라보는 친구
　이거나
　　제 손으로 밥 먹는 일도 부럽기만 한 친구이거나

혈육이 오기를 한없이 기다리는 친구들

오늘이 내일인지 내일이 오늘인지조차 모르고 살아 있
는 집

충만한 기억으로 집은 점점 부풀어 오르고 마음대로 떠
났다가 돌아오는

─「마지막 이사」 전문

"노인은 노인들과 어울려 살아야 한다는 구름 같은 말
에" 속아서 "노인들의 천국"인 노인요양원에 입소한 노인
들은, 노인들의 천국이 곧장 노인들의 지옥으로도 바뀌는
처지에 몰린다. 침상에 누워 말 한마디 없거나, 온종일 텔
레비전에 눈과 귀를 맡기거나, 책을 읽고 필사하다가 아무
나를 안경 너머로 바라보거나, 제 손으로 밥 먹는 일조차
부러워하거나 하는데, 오로지 혈육이 오기를 한없이 기다
리는 것은 그들 모두의 공통 심사다. 하지만 이미 이곳에
시간은 없다. "오늘이 내일인지 내일이 오늘인지조차 모르
고 살아 있는 집"이니 설령 가족이 찾아온다 한들 죽음이
라는 마지막 시간이 도래하지 않을 수는 없는 것이다. 이
미 이 집의 모든 것을 무너뜨리는 무자비한 시간인 크로노
스를 극복하고 존재의 황홀한 시간을 새롭게 창조하고 누
릴 카이로스의 시간은 사라진 지 오래이다.

시간의 무상성을 혹여 '충만한 기억' 정도로나 달랠 수 있을까. 프리드리히 로젠이 183년에 편역한 그의 책『루비이야트』에는 다음과 같은 구절이 나온다. "미래가 쥐고 있는 것이 무엇인지 묻지 말고/지나간 일은 불평 말라./가치 있는 것은 오로지 현재라는 현금뿐/과거와 미래에 대해서는 묻지를 마라." 우리는 소위 '왕년에는 내가 이랬어!' 하며 과거의 영광에 취해서, 또 늘 '내일, 내일은 더 나아질 거야!'라는 미래의 꿈에 저당 잡혀서, 단 하루도 현금의 현재를 살지 못했는지도 모른다. 호라티우스가『서정시』에서 "오늘을 즐겨라(Carpe diem)!"고 이미 아주 오래전에 외쳤지만, "오늘이 내일인지 내일이 오늘인지조차 모르고 살아 있는 집", 시간이 사라진 집에서 집주인들이 시키는 대로 다만 먹고 자고 혼나고 하는 모욕과 능멸의 시간을 살고 있는, 시간의 종말처리장에 몰린 삶을 구원할 자는 오직 신(?)뿐일까. 그것도 고요한 명상을 영혼 속에 받아들이는 사람 정도만.

3. 삶이라는 파란만장

죽음을 향해 달리고, 시간에 지배당해 사는 인생이 무슨 의미가 있어서 사람들은 삶을 사랑할까. 철학자인 비트겐슈타인은 "생生이 한 인간에게 일어나는 모든 것이므로 인간에게는 생이 철학적 주제라는 이름에 합당한 유일한 주제가 된다."며 그는 지금껏 쓰지 않은 책 곧 비트겐슈타인 자신의 생을 쓸 것이라고 했다. 어떠한 경우라도 자신의 생 자체가 의미라는 것이다. 포루투갈의 시인이자 작가인 페르난두 페소아는 "삶의 구역은 어리석음, 범속성, 진부함이라는 세력이 점령한 구역이고, 반면 자유구역은 정신이 상상과 지성의 영역을 자유롭게 오가는 구역"(프레데리크 시프테, 『우리는 매일 슬픔 한 조각을 먹고 산다』)이라고 하면서 이 두 구역의 경계선을 언제라도 넘나들게 해주는 책이 있어서 삶의 의미를 찾았다고 한다. 두 사람에게 모두 중요한 것은 역시 삶이자 그 속에서의 상상과 지성의 자유정신을 추구하는 게 삶의 의미인 것인데, 그 추구의 행동이 책 읽기이자 글쓰기이다. 독서와 글쓰기를 통해 새롭고 진정한 의미의 생이 획득될 것이라고 기대하면서.

위 철학자나 문학가처럼 이지담 시인 또한 사람들 각자가 생의 의미를 추구하며 걸어온 길을 자기만의 문장으로 표현하는 한 가족의 이야기를 시로 남긴다.

호칭 하나씩 달고 둘러앉아
걸어온 길을 다른 문장으로 표현한다

소라 한 망을 잡아와 저녁상을 차린다
데면데면하던 사람들이 소라 하나씩 들고

숨기고 싶은 이야기를 나선형으로 끄집어낸다

장문으로 말하는 가난은 항해에서 막 돌아온 선원 같고
운문으로 말하는 가시는 탱자나무에서 꺾어온 냄새가
나고
유독 행간을 걷던 그녀는 소라 안에서 쉽게 나올 것 같
지 않다

바늘 끝에서 미끄러져 나오는 길과 길들이
호젓한 눈길을 주고받다가
허공에 외로이 매달려 있는 한 생애에 집중한다

음악은 어둠에 빛깔을 입히고
우린 어딘가로 미끄러지기 위해 밤늦도록
잔을 부딪는다, 별은 레드와인 속으로 들어와 있다

— 「소라의 저녁」 전문

여기 저마다의 인생길을 걸어온 한 가족이 있다. 그들은
아버지, 어머니, 형님, 누나, 동생 혹은 며느리며 손주 등
각자의 호칭을 달고 둘러앉아 직업이 어부인 듯한 아버지
가 잡아온 소라로 저녁상을 차린다. 평소엔 서로 데면데면
하던 사람들이 그 소라를 하나씩 까며 "숨기고 싶은 이야
기를 나선형으로 끄집어낸다" 소라를 먹을 때는 주로 껍데

기 채로 삶은 뒤 바늘 등으로 속살을 빼내어 먹는데, 이때 빙글빙글 돌아가는 나선형의 껍데기 모양대로 살을 빼내야 한다.

바로 그 나선형인 소라의 속살을 빼내는 데는 요령이 필요하다. 나선형 껍데기 따라 살도 나선형일 테니 인내심을 갖고 그 살이 끊어지지 않게 아주 조심스레 돌리면서 길게 빼내기도 하고, 다른 소라에선 짧게 빼내기도 하며, 혹은 뚝뚝 끊겨진 채로의 살을 빼내기도 한다. 한데 시인은 바로 살을 길게 빼낸 경우를 "장문으로 말하는 가난은 항해에서 막 돌아온 선원 같"다고 말한다. 인생이란 바다 위에서 파란만장의 항해를 겪고 돌아온 선원의 이야기는 길고 길 수밖에 없다. 잠시도 쉬지 않고 출렁이는 파도, 파랑 위에서 중심과 균형을 잡고 고기를 잡아 올리며 겪는 삶의 고통과 의지와 진실은 장편소설이나 대하소설로 표현할 수밖에 없다. 또 다른 소라에서 살을 짧게 빼내는 경우는 "운문으로 말하는 가시는 탱자나무에서 꺾어온 냄새가" 난다고 한다. 촌철살인이나 핵심의 언어만으로 삶의 핍진한 진실을 포획하는 운문은 날카롭고 단단한 탱자 가시를 하얗고 맑은 탱자꽃 향기로 바꾸어내는 탱자나무와 같을 것이다. 하이데거의 말을 빌리면 인생은 호기심과 잡담 그리고 양비론으로 점철되는 권태와 환멸의 통속通俗인데, 그 속에서 시는 한 존재를 처음으로 발견, 명명하고 호명한다. 그리고 그 존재를 세계의 은폐와 소외 속에서 끌어내 역사와 관계의

119

시공으로 날게 하는 게 시이다. 또 뚝뚝 끊겨진 채의 살을 빼내는 경우는 "유독 행간을 걷던 그녀"로 표현하며 "그녀는 소라 안에서 쉽게 나올 것 같지 않다"고 한다. 문장과 문장 사이 행간으로 존재하는 그녀는 쉽사리 자기 이야기를 꺼내지 않으며 되레 모든 사람의 주목을 받는다. 아마 잠언과 격언 투의 철학 성향을 가진 경우이리라.

그렇게 각자의 바늘 끝에서, 각자의 삶으로 빼내는 속살 곧 "미끄러져 나오는 길과 길들"은 서로 '다른 문장'으로 표현되지만 호젓한 눈길을 주고받는 데는 이의가 없다. 그들 각자의 삶에는 죽음에 대한 강박관념과 삶의 비참도 있었을 것이며, 어둠에 빛깔을 입히는 음악과 레드와인 잔 속에 뜬 별을 사랑하는 경우도 있을 것이다. 시골에서 노인 한 명이 사라지면 박물관 하나가 사라진다는 말이 있다. 그만큼 노인들은 삶의 마디마디와 속내를 무수히 겪어서 이를 잘 알고 있기 때문일 것이다. 그처럼 노인들이 아니더라도 각자의 삶에는 누구에게나 박물관 하나쯤은 될 정도로 삶의 사연과 사건, 기쁨과 슬픔, 고통과 사랑 등이 담겨 있을 것이다. 그 삶의 길을 지금껏 의미 있게 운영해온 것은 결국 자기 자신이니, 이 얼마나 대단한 일인가.

한데 그런 모든 관념적 언사들을 떠나 오로지 생존을 위해서 평생을 극한직업으로 살아가는, 참으로 말로 다 표현하기 힘든 적나라한 삶이 여기 있다.

땀을 모아 호수에 풀어놓으면 아이의 보조개 같다

어깨에 멘 짐은 한쪽엔 자식 한쪽엔 삶

하늘에 닿은 계단을 짐을 지고 오른다 천 근의 무게라
할지라도

남들이 하찮은 일이라 할 때 자식 키운 기쁨으로 걷는다

오악의 산 화산과 맞서 오르는 사내

산이 두 손 들고 그 앞에 바짝 엎드려 길을 내주고

푸념이나 불평 없이 아이의 미소를 메고 가는 화산 짐꾼

벼랑 끝이 그가 가는 길을 열어주는

— 「땀의 무게」 전문

언젠가 TV에서 「길 위의 인생」이란 프로그램을 보았는
데, 그날 방영된 것은 '화산 짐꾼' 이야기였다. 평생 거대
한 바위를 산 정상까지 밀어 올렸다가 굴러 떨어지면 또다
시 밀어 올리기를 반복하는 시시포스에 비견할까. '하늘에
닿은 계단'이 끝도 없이 이어지는 깎아지른 듯한 산길을 오

르다. 때론 천애절벽에 붙여 만든 30센티 폭의 긴 발판, 그 수많은 사람들의 생명과 바꾼 계단까지 딛고 올라서야 하는 짐꾼의 품삯은 km당 200원. 지구의 무게를 두 어깨로 지탱하는 아틀라스의 고통에 비길까. 그냥 빈손으로도 오르기 힘든 화산 정상을 70kg을 멘 채 한번 왕복에 13,000원을 받고 오르내리는 짐꾼들, 인생의 무게가 저렇게 무거울 수 있을까. "남들이 하찮은 일이라 할 때"도 "푸념이나 불평 없이 아이의 미소를 메고 가는" 화산 짐꾼의 어깨 한쪽엔 '자식' 다른 한쪽엔 '삶' 곧 생존이 실려 있다. 그들에게 생존의 의미, 삶의 의미는 지옥의 아가리 속을 들고나는 극한직업도 개의치 않는, 오로지 '자식 키우는 기쁨'인 것이다. 그런 짐꾼 앞에선 산도 두 손을 두고 바짝 엎드려 길을 내주고, 벼랑 끝도 그가 가는 길을 열어주니 신비롭다. 그렇게 생존 하나로 적나라한 삶 앞에선 사실 입이 있어도 할 말이 없고, 언어가 있어도 표현할 능력이 없을 뿐이다.

『잃어버린 시간을 찾아서』란 전무후무한 소설을 남긴 마르셀 프루스트는 "삶은 곧 고통이라는 것에 대한 증언 행위가 글쓰기라면, 고통 없는 삶을 누린 자의 증언은 아무 가치도 없다"고 한다. 행복한 세월은 '잃어버린 세월'이고, '커다란 슬픔'은 사유와 상상력을 가동시키는 동력으로, 고통이 생의 미학적 표상의 조건이라는 것이다. 실패, 애도, 이별, 실망, 배신, 나아가 신체적 질병들과 흐르는 시간 속에서 급작스럽게 맞는 노쇠와 죽음, 그리고 생존의 극한노동과 고통. 그곳에서 발생한 생의 의지가 자기 내면에서 기쁨을 낳는 의지의 표상으로 바뀌게 하는 글쓰기. 그것이 삶의 진정한 의미라는 것이다. 이지담은 이미 이런 시 쓰기를 수행하고 있다.

4. 경계를 허무는 노래

이지담 시인이 이번 시집에서 죽음과 노년의 시간 그리고 삶의 다양한 모습들에 집중하게 된 것은 자신의 마음 속 '바위'를 깨뜨렸기 때문이라고 생각된다. 「괄호를 열다」라는 시를 보면 시인은 그간 집안의 "큰딸로서 짊어진 짐들을 닦고 있다"고 말한다. 부모가 살던 고향의 빈집을 닦아내며 큰딸로서의 역할을 하느라 어린아이 때부터 "무릎 꿇고 앉아 검은빛 마룻바닥을" 닦아야만 했던 자신을 회상한다. 이어서 시인은 "오랫동안 묵은 때에 갇혀 있었던/아이의 손을 잡아 일으켜"주는 걸로 큰딸로서 짊어졌던 짐들을 내려놓는다. 또한 「바위」라는 시에서 "바위의 피를 물려받았다고 믿는 때가 있었다//바람이 불고 폭풍우가 왔을 때/흔들리지 않는/단단하고 말 없는 피가 중심을 잡고 있었다"고 표현한 걸로 보아 그간 시인은 큰딸로서의 역할과 함께 바위와 같이 굳건한 심지 혹은 주체나 자아의식을 갖고 세상을 무겁게, 당차게 살아온 모양이다. "바위가 짓누르는 무게를 이기지 못한 때에/세상의 아름답고 부드러운 것만 보였다"고도 말하기 때문이다.

한때는 바위를 품은 비탈에 핀 꽃이 되고 싶었다

언제부턴가 깨부숴야 하는 이 단단한 생각들
비탈을 굴러 내려가
들판의 부드럽고 말랑한 흙을 그리워하다가

바위를 묶거나 반으로 가르는 나무뿌리를 보았다

바위를 뚫고 자란 나무는 흔들려서 좋았다
흔들리고 싶었던 날들을 키우는 바람

뿌리와 바위를 하나로 묶는 건 부드러운 흙이었다
— 「바위」 부분

그런데 그 바위는 "언제부턴가 깨부숴야 하는 이 단단한 생각들"이라고 인식된다. 바위는 화자의 심지 속에 자리한 굳고 단단한 주체나 자아의식 같은 것에 대한 상징어이다. 아울러 아집, 욕망, 신념 등의 객관적상관물이기도 하다. 하지만 『반야심경』을 들먹이지 않더라도 모든 존재

124

에게 고정적이고 불변하는 주체나 자아는 없다. 공空이다. 더욱이 그 공의 자리에 아집, 욕망, 신념 등을 들이밀 여지도 없다. 모든 존재는 관계적, 연기적이기 때문이다. 불교에서의 삼법인이니 연기법 사상과 맥락은 약간 다를지 몰라도 어려서부터 젖으로 나를 키운 부모, 세상 살아갈 지식과 지혜를 전수해준 학교 스승들, 사랑의 황홀과 이별의 쓰라림을 알게 한 애인과 친구들, 성공과 실패를 가르쳐준 사회 등 시절인연 속에 만난 여러 타자로 구성된 '나'라는 존재가 과연 독립적인 존재인가. 뚜렷한 주체, 금강석처럼 단단한 자아의식의 존재라고 말할 수 있는가. 더욱이 리처드 로티의 말대로 "진리는 시대와 장소에 따라 변한다." 그런데도 목숨까지 바쳐 지키고 싶어 하는 게 신념이다. 하지만 신념에 실망하고 배신당하는 경우는 허다하다. 신념이라는 바위에 자신이 깔려 죽는 것이다.

그래서 바위는 드디어 깨진다. 그 바위가 깨진 것은 나무뿌리 때문이었다. 나무뿌리가 바위를 갈라서 그 사이로 나무를 키웠다. 바위에 비견이 안 되게끔 연약하기 그지없는 식물뿌리가 바위를 뚫은 것이다. "바위를 뚫고 자란 나무는 흔들려서 좋았다" 바위로 살면서 바위를 품은 비탈의 꽃이 되고 싶었고, 들판의 부드럽고 말랑한 흙이 그리웠고, "흔들리고 싶었던 날들을 키우는 바람"이 되고 싶었기 때문이다. 그리고 궁극엔 나무뿌리와 바위를 하나로 묶는 건 부드러운 흙이었다고 말한다. 부드러운 것이 강한 것을 이긴다. 총칼을 녹이는 것도 흙이다.

정광희라는 화가가 먹물이 가득 담긴 달항아리를 불끈 들어서 그대로 바닥의 너른 화선지에 떨어뜨리는 퍼포먼스를 하는 걸 보았다. 온갖 검은 것이 가득 담긴 '자아'라는 달항아리를 깨뜨리자 화선지 가득 튀고, 번지고, 퍼지는 그 신비롭고 아름다운 파격이더라니! 그처럼 마음을, 자아를, 주체를, 나아가 아집을 깨뜨리면 존재는 무한히 번진다. 이지담 시인도 그 바위를 깨뜨리고 나서는 침묵 한가운데에서 모든 "경계를 짓는 습관 하나를 지우고 나를 지"운다. 「한여름, 백야」라는 시에서이다.

빙하를 보러 간 알래스카에 꽃눈이 휘날렸다

낮과 밤의 시차를 넘어
오늘과 내일에 방점을 찍던 경계는 사라지고
자작나무 숲에 다다라 정지해 있는 바람
내 편 네 편에 갇혔던
두 감정은 어디론가 사라지고

— 「한여름, 백야」 부분

다만 "나는 오로라를 보는 듯/…/이름을 알지 못한 보라꽃 정원에서 길을 잃어도 좋았"고 "달빛과 햇살이 하나 되는" 광경도 보게 된 것이다. 그뿐인가. 「순간이 영원으로」

라는 시에선 지금까지 "강직하게 걸어왔던 공간은 세대의 경계를 허무는 노랫가락에/꽃과 나무와 새도 하나 되는 봄날"로 바뀌는 극적인 체험을 하기도 한다. 한마디로 주체나 자아의 바위가 깨지니 그 단단한 주체나 자아 입장에서 분별하고 해석하고 판단하는 분별지分別智가 정지된다. 그 분별지가 사라지면 세계를 '있는 그대로' 보게 되는데, 그 앞에서 이분법은 설자리가 없다. 철학자 한자경은 저서 『마음은 이미 마음을 알고 있다 : 공적영지空寂靈知』에서 "사람들은 일체를 둘로 나눠서 보는 경향이 있다. 살아 있는 것과 살아 있지 않은 것, 보기 좋은 것과 보기 싫은 것, 옳은 것과 옳지 않은 것 등과 같다. 둘로 나누는 분별적 사고는 어디에나 있다. 여자와 남자, 선과 악, 미와 추 등등. 동양인은 오래전부터 이러한 이원성을 음양으로 표현해왔고, 현대의 서양화가 M.C. Escher는 천사와 악마로 그렸다. 크게 둘로 나누면, 나뉜 것은 그 안에서 또 나눠진다. 살아있는 것은 움직이는 것과 움직이지 않는 것, 여자는 더 여자다운 여자와 덜 여자다운 여자 등등. 그렇게 분별은 끝이 없고 그 분별의 마지막에는 더 이상 나뉘지 않는 단독적 개별자, 개체로서의 나가 있다. 세계는 그렇게 나와 나 아닌 것으로 나뉜다. 이원적 사고, 분별적 사고의 종착점은 개인주의이다."라고 명쾌하게 말한다. 이런 이분법적 사유가 사라진다면 얼마나 아름다운 일일까.

이지담 시인은 이번 시집에서 죽음, 노년, 시간, 실존, 코로나, 관계, 역사, 예술, 여행 등 다양한 소재에 절절하고도 깊은 사유를 들이댄다. 나는 그중 몇 편의 시만을 통해 죽음, 시간, 삶, 경계에 대한 에세이를 시도해 보았는데, 시들이 하나같이 단아하고 정제돼 있으며 감각적 사유의 날이 여전히 살아 있는 모습을 보고 매우 미더웠다. 다만 지면상 살피지 못한 이번 시집 3부는 대부분 제주 4·3, 여순사건, 광주5·18과 최근의 이태원 사건까지 역사와 불의의 현장을 찾아가는 행동으로 남긴 시들이다. 그리고 4부엔 음악 연주회, 미술 전시회, 조각 공방, 외국여행, 독서체험에서 나온 시들이 대부분인데, 이 중에서 "사랑이 오고 가는 수만 번의 번갯불이/겹겹으로 마음의 결을 지나 빛이 한데 모여드는 지점"이라는 구절을 쓴 「면과 면이 만나는 지점」과 동명의 책에서 힌트를 얻은 「바그다드 카페」를 눈여겨보았다.